LE CLOWN
MANIAQUE

LE CLOWN
MANIAQUE

ALDIVAN TORRES

Canary Of Joy

Contents

I   I

I

Le clown maniaque
Aldivan Torres
Le Clown maniaque

Auteur : Aldivan Torres
2020- Aldivan Torres
Tous droits réservés
Série : Les Sœurs perverties

Ce livre, y compris toutes ses parties, est protégé par le droit d'auteur et ne peut être reproduit sans l'autorisation de l'auteur, revendu ou transféré.

Aldivan Torres, né au Brésil, est un artiste littéraire. Prométhée avec ses écrits de ravir le public et de le conduire aux plaisirs du plaisir. Après tout, le sexe est l'une des meilleures choses qu'il y ait.

Le clown maniaque

Le dimanche est venu et avec lui beaucoup de nouvelles en ville. Parmi eux, l'arrivée d'un cirque nommé "Superstar", célèbre partout au Brésil. C'est tout ce dont on a parlé dans la région. Curieusement, les deux sœurs ont programmé pour assister à l'ouverture du spectacle prévu pour cette nuit même.

Près du calendrier, les deux étaient déjà prêts à sortir après un dîner spécial pour leur célébration de célibataire. Habillée pour le gala, tous deux parallèles en même temps, où ils quittèrent la maison et entrent dans le garage. Entrer dans la voiture, ils commencent par descendre et fermer le garage. Avec le retour de la même façon, le voyage peut être repris sans aucun autre problème.

Quitter le quartier saint Christopher, se dirige vers le quartier Boa Vista à l'autre bout de la ville, capitale de l'arrière-pays avec environ quatre-vingt mille habitants. Alors qu'ils marchent sur les avenues tranquilles, ils sont étonnés par l'architecture, la décoration de Noël, les esprits du peuple, les églises, les montagnes dont ils semblaient parler, les voyous parfums échangés en complicité, le son du rocher fort, le parfum français, les conversations sur la politique, les affaires, la société, les partis, la culture du nord-est et les secrets. Bref, ils étaient totalement détendus, anxieux, nerveux et concentrés.

En route, une belle pluie tombe. Contre les attentes, les filles ouvrent les fenêtres du véhicule qui font de petites gouttes d'eau lubrifient leurs visages. Ce geste montre leur simplicité et leur authenticité, véritables champions de bonne humeur. C'est la meilleure option pour les gens. À quoi sert d'éliminer les échecs, l'agitation et la douleur du passé ? Ils ne les emmèneraient nulle part. C'est pour ça qu'ils étaient heureux par leurs choix. Bien que le monde les jugeât, ils se fichaient parce qu'ils possédaient leur destin. Joyeux anniversaire !

Environ dix minutes, ils sont déjà dans le parking attaché au cirque. Ils ferment la voiture, marchent à quelques mètres dans la cour intérieure de l'environnement. Pour venir tôt, ils s'asseyaient sur les premiers gradins. Pendant que vous attendez le spectacle, ils achètent du pop-corn, de la bière, jettent les conneries et les mots silencieux. Il n'y avait rien de mieux que d'être dans le cirque !

Quarante minutes plus tard, le spectacle est lancé. Parmi les attractions figurent des clowns, des acrobates, des artistes de trapèze, des contorsionnistes, des morts globe, des magiciens, des jongleurs et un spectacle musical. Pendant trois heures, ils vivent des moments magiques, drôle, distraits, jouent, tombent amoureux, enfin, vivent. Avec la rupture du spectacle, ils s'assurent d'aller au vestiaire et d'accueillir un des clowns. Il avait accompli la cascade pour les encourager comme si cela n'était jamais arrivé.

Sur scène, il faut avoir une ligne. Par hasard, ce sont les derniers à aller dans la salle de dressing. Là, ils trouvent un clown totalement défiguré, loin de la scène.

« Nous sommes venus ici pour vous féliciter pour votre excellent spectacle. Il y a un don de Dieu dedans ! Il a regardé Belinha.

« Tes paroles et tes gestes ont secoué mon esprit. Je ne sais pas, mais j'ai remarqué une tristesse dans tes yeux. J'ai raison ?

« Mon nom est Amelinha !

« Mon nom est Belinha.

« Enchanté. Appelez-moi Gilberto. J'ai déjà eu assez de douleur dans cette vie. L'un d'eux était la récente séparation de ma femme. Vous devez comprendre que ce n'est pas facile de séparer votre femme après 20 ans de vie, non ? Quoi qu'il en soit, je suis heureux de remplir mon art.

« Pauvre gars. Je suis désolé. (Amelinha).

« Que pouvons-nous faire pour le remonter le moral ? (Belinha).

« Je ne sais pas comment. Après la rupture de ma femme, elle me manque tellement. (Gilberto).

« On peut réparer ça, n'est-ce pas, ma sœur ? (Belinha).

« Bien sûr. Tu es un homme beau. (Amelinha)

« Merci, les filles. Vous êtes merveilleux. Exclamé Gilberto.

Sans attendre plus longtemps, le blanc, grand, fort, yeux foncés se déshabilla et les dames suivirent son exemple. Totalement nu, le trio est entré dans les préliminaires juste là, sur le sol. Plus qu'un échange d'émotions et de jurer, le sexe les a amusés et les a encouragés. Dans ces brefs moments, ils ressentaient des parties d'une force plus grande, l'amour de Dieu. Grâce à l'amour, ils ont atteint la plus grande extase qu'un humain pouvait réaliser.

Finissant le numéro, ils s'habillent et disent au revoir. Ce pas de plus et la conclusion qui est arrivée était que l'homme était un loup sauvage. Un clown maniaque que tu n'oublieras jamais. Plus maintenant, ils quittent le cirque pour aller au parking. Ils montent dans la voiture à partir de leur retour. Les jours qui viennent ont été promis d'autres surprises.

La deuxième aube est devenue plus belle que jamais. Au début du matin, nos amis sont heureux de sentir la chaleur du soleil et la brise errant dans leurs visages. Ces contrastes ont causé dans l'aspect physique du même un bon sentiment de liberté, de satisfaction, et de joie. Ils étaient prêts à affronter un nouveau jour.

Cependant, ils concentrent leurs forces culminant sur leur levage. La prochaine étape est d'aller à la suite et de le faire avec une vagabondé extrême comme s'ils étaient de l'état de Bahia. Ne pas blesser nos chers voisins, bien sûr. La terre de tous les saints est un lieu spectaculaire plein de culture, d'histoire et de traditions laïques. Longue vie à Bahia.

Dans la salle de bains, ils enlèvent leurs vêtements par l'étrange sentiment qu'ils n'étaient pas seuls. Qui a déjà entendu parler de la légende des toilettes blondes ? Après un marathon de film d'horreur, il était normal d'avoir des ennuis avec ça. Dans l'instant suivant, ils se frottent la tête en essayant d'être plus calme. Soudain, il vient à l'esprit de chacun d'eux, de leur trajectoire politique, de leur côté citoyen, de leur côté professionnel, religieux et de leur aspect sexuel. Ils se sentent bien d'être des appareils imparfaits. Ils étaient sûrs que les qualités et les défauts ajoutaient à leur personnalité.

De plus, ils se verrouillent dans la salle de bains. En ouvrant la douche, ils laissent l'eau chaude traverser les corps sueurs à cause de la chaleur de la veille. Le liquide sert de catalyseur à absorber toutes les mauvaises choses. C'est précisément ce dont ils avaient besoin maintenant : oublier la douleur, le traumatisme, les déceptions, l'agitation qui essayait de trouver de nouvelles attentes. L'année en cours a été cruciale. Un tournant fantastique dans tous les aspects de la vie.

Le processus de nettoyage est lancé avec l'utilisation d'éponges plantes, de savon, de shampooing, en plus de l'eau. À ce moment-là, ils ressentent l'un des meilleurs plaisirs qui vous oblige à vous rappeler le billet sur le récif et les aventures sur la plage. Intuitivement, leur esprit sauvage demande plus d'aventures dans ce qu'ils restent à analyser dès qu'ils le peuvent. La situation favorisée par le temps de congé accompli au travail des deux comme un prix de dévouement à la fonction publique.

Pendant environ 20 minutes, ils ont mis un peu de côté leurs objectifs de vivre un moment réfléchi dans leur intimité respective. À la fin de cette activité, ils sortent des toilettes, essuient le corps mouillé avec la serviette, portent des vêtements et des chaussures propres, portent du parfum suisse, le maquillage importé d'Allemagne avec des lunettes de soleil et des diadèmes très agréables. Ils se déplacent à la tasse avec leurs sacs sur la bande et se saluent heureux de la réunion en remerciant le Seigneur.

En coopération, ils préparent un petit déjeuner d'envie : couscous dans la sauce au poulet, les légumes, les fruits, la crème à café et les craqueurs.

En parties égales, la nourriture est divisée. Ils alternent des moments de silence avec de brefs échanges de mots parce qu'ils étaient polis. Petit déjeuner fini, il n'y a pas d'évasion au-delà de ce qu'ils voulaient.

« Que suggérez-vous, Belinha ? Je m'ennuie !

« J'ai une bonne idée. Tu te souviens de la personne que nous avons rencontrée au festival littéraire ?

« Je me souviens clairement. Il était écrivain et son nom était Divine.

« J'ai son numéro. Si on allait vous contacter ? J'aimerais savoir où il habite.

« Moi aussi. Bonne idée. Fais-le. J'adorerai.

« D'accord !

Belinha a ouvert son sac, pris son téléphone et a commencé à composer. Dans quelques instants, quelqu'un répond à la ligne et la conversation commence.

« Bonjour.

« Salut, Divine. D'accord ?

« D'accord, Belinha. Comment ça va ?

« Nous nous en sortons bien. Cette invitation est toujours en cours ? Ma sœur et moi voudrions avoir un spectacle spécial ce soir.

« Bien sûr, je le sais. Tu ne le regretteras pas. Ici nous avons des scies, de la nature abondante, de l'air frais au-delà de la grande compagnie. Je suis disponible aujourd'hui aussi.

« Comme c'est merveilleux. Attends-nous à l'entrée du village. Dans les 30 minutes les plus.

« C'est bon. À plus tard !

« À plus tard !

L'appel se termine. Avec un sourire tamponné, Belinha revient à communiquer avec sa sœur.

« Il a dit oui. On y va ?

« Allez. Qu'attend-on ?

Tous deux défilent de la coupe à la sortie de la maison, fermant la porte derrière eux avec une clé. Puis ils se déplacent au garage. Ils conduisent la voiture familiale officielle, laissant leurs problèmes derrière l'attente de nouvelles surprises et émotions sur les terres les plus importantes du monde. Par la ville, avec un bruit bruyant, ils gardaient leur petit espoir pour eux-mêmes. Ça valait tout à ce moment jusqu'à ce que je pensasse à la chance d'être heureux pour toujours.

Avec peu de temps, ils prennent le côté droit de l'autoroute BR 232. Donc, ça commence le cours vers l'accomplissement et le bonheur. Avec une vitesse modérée, ils peuvent profiter du paysage montagneux sur les rives de la piste. Bien qu'il s'agisse d'un environnement connu, chaque passage était plus qu'une nouveauté. C'était un soi redécouvert.

Passer à travers les lieux, les fermes, les villages, les nuages bleus, les cendres et les roses, l'air sec et la température chaude vont. Dans l'heure programmée, ils arrivent au plus bucolique de l'entrée de l'intérieur brésilien. Mimoso des colonels, du médium, de l'Immaculée Conception et des personnes à haute capacité intellectuelle.

Quand ils s'arrêtèrent à l'entrée du district, ils attendaient votre cher ami avec le même sourire que toujours. Un bon signe pour ceux qui cherchaient des aventures. Sortant de la voiture, ils vont rencontrer le noble collègue qui les reçoit avec un câlin devenant triple. Cet instant ne semble pas fini. Ils sont déjà répétés, ils commencent à changer les premières impressions.

« Comment allez-vous, Divine ? (Belinha).

« Bien, comment allez-vous ?(médium).

« Génial ! (Belinha).

« Mieux que jamais. (Amelinha).

« J'ai une bonne idée. Si on montait la montagne d'Ororubá ? C'est là il y a exactement huit ans que ma trajectoire de littérature a commencé.

« Quelle beauté ! Ce sera un honneur. (Amelinha).

« Pour moi aussi. J'adore la nature. (Belinha).

« Alors, allons-y maintenant. (Aldivan).

En signant à suivre, l'ami mystérieux des deux sœurs avança dans les rues au centre-ville. En bas à droite, entrer dans un endroit privé et marcher à une centaine de mètres les met au fond de la scie. Ils font un arrêt rapide, pour pouvoir se reposer et s'hydrater. Comment était-il de grimper la montagne après toutes ces aventures ? Le sentiment était la paix, la collecte, le doute et l'hésitation. C'était comme si c'était la première fois avec tous les défis imposés par le sort. Soudain, les amis font face au grand écrivain avec un sourire.

« Comment tout a-t-il commencé ? Qu'est-ce que ça veut dire pour toi ? (Belinha)

« En 2009, ma vie tournait dans la monotonie. Ce qui m'a gardé en vie, c'est la volonté d'externaliser ce que je ressentais dans le monde. C'est là que j'ai entendu parler de cette montagne et des pouvoirs de sa merveilleuse grotte. Pas d'issue, j'ai décidé de prendre un risque pour mon rêve. J'ai emballé mon sac, grimpé la montagne, J'ai terminé trois défis et j'ai été accrédité pour entrer dans la grotte du désespoir, la grotte la plus mortelle et dangereuse du monde. À l'intérieur, j'ai dépassé de grands défis en finissant par arriver à la chambre. C'est à ce moment d'extase que le miracle s'est produit, je suis devenu le médium, un être omniscient à travers ses visions. Jusqu'à présent, il y a eu 20 aventures et je ne m'arrêterai pas si tôt. Grâce aux lecteurs, progressivement, j'atteins mon objectif de conquérir le monde.

« Excitant. Je suis un de tes fans. (Amelinha).

« Je sais ce que vous devez ressentir d'accomplir cette tâche à nouveau. (Belinha).

« Excellent. Je sens un mélange de bonnes choses, y compris le succès, la foi, la griffe et l'optimisme. Ça me donne de l'énergie, dit le médium.

« Bien. Quel conseil nous donnez-vous ?

« Gardons notre attention. Êtes-vous prêt à le découvrir mieux pour vous-mêmes ? (Le maître).

« Oui. Ils ont accepté les deux.

« Alors, suivez-moi.

Le trio a repris l'entreprise. Le soleil se réchauffe, le vent souffle un peu plus fort, les oiseaux s'envolent et chantent, les pierres et les épines semblent bouger, le sol tremble et les voix de montagne commencent à agir. C'est l'environnement qui présente sur la montée de la scie.

Avec beaucoup d'expérience, l'homme dans la grotte aide les femmes tout le temps. Agissant ainsi, il a mis en pratique des vertus importantes comme la solidarité et la coopération. En retour, ils lui prêtèrent une chaleur humaine et un dévouement inégal. On pourrait dire que c'était un trio insurmontable, impossible et compétent.

Peu à peu, ils ne montent pas à pas les pas du bonheur. Malgré les résultats considérables, ils restent inlassables dans leur quête. Dans une suite, ils ralentissent un peu le rythme de la marche, mais le maintiennent stable. Comme le dit le dit, il va lentement loin. Cette certitude les accompagne tout le temps en créant un spectre spirituel de patients, de prudence, de tolérance et de surmonter. Avec ces éléments, ils avaient la foi pour surmonter toute adversité.

Le point suivant, la pierre sacrée, conclut un tiers du cours. Il y a une brève pause, et ils apprécient cela pour prier, afin de remercier, pour réfléchir et planifier les prochaines étapes. Dans la bonne mesure, ils cherchaient à satisfaire leurs espoirs, leurs peurs, leurs douleurs, leurs tortures et leurs chagrins. Car une paix indélébile remplit leurs cœurs.

« Merci à tous les deux pour les mots. Quels sont vos noms ? Réponds au clown.

Avec le redémarrage du voyage, l'incertitude, les doutes et la force de l'inattendu revient à agir. Bien qu'elle les effrayât, ils ont porté la sécurité d'être en présence de Dieu et de la petite gerbe de l'intérieur. Rien ou personne ne pourrait leur faire du mal simplement parce que Dieu ne le permettrait pas. Ils ont réalisé cette protection à chaque moment difficile de la vie où d'autres les ont simplement abandonnés. Dieu est vraiment notre seul véritable ami.

En plus, ils sont à moitié du chemin. La montée reste réalisée avec plus de dévouement et de musique. Contrairement à ce qui arrive habituellement avec les grimpeurs ordinaires, le rythme aide la motivation, la volonté et la livraison. Bien qu'ils ne soient pas athlètes, c'était remarquable de leur performance pour être en bonne santé et engagé jeune.

Après avoir terminé les trois quarts de la route, les attentes sont insupportables. Combien de temps doivent-ils attendre ? En ce moment de pression, la meilleure chose à faire était d'essayer de contrôler l'élan de la curiosité. Tout est dû à l'action des forces opposées.

Avec un peu plus de temps, ils finissent enfin le trajet. Le soleil brille plus fort, la lumière de Dieu les éclaire et sort d'un sentier, le gardien et son fils Renato. Tout semblait renaître complètement dans le cœur de ces beaux enfants. Ils méritaient cette grâce d'avoir travaillé si dur. La prochaine étape du médium est de se mettre dans un câlin serré avec ses bienfaiteurs. Ses collègues le suivent et font le câlin quintuple.

« Content de te voir, fils de Dieu ! Je ne t'ai pas vu depuis longtemps ! Mon instinct maternel m'a averti de votre approche, a dit la dame ancestrale.

« Je suis content ! C'est comme si je me souvenais de ma première aventure. Il y avait tant d'émotions. La montagne, les défis, la grotte et le voyage dans le temps ont marqué mon histoire. Revenir ici me ramène de bons souvenirs. Maintenant, je ramène avec moi deux guerriers amicaux. Ils avaient besoin de cette rencontre avec le sacré.

« Quels sont vos noms, mesdames ? Il a demandé le gardien de la montagne.

« Je m'appelle Belinha, et je suis un auditeur.

« Je m'appelle Amelinha, et je suis professeur. Nous vivons à Arcoverde.

« Bienvenue, mesdames. (Gardien de la montagne.).

« Nous vous en sommes reconnaissants ! Il a dit en même temps que les deux visiteurs avec des larmes qui courent à travers leurs yeux.

« J'aime les nouvelles amitiés aussi. Être à côté de mon maître me donne un plaisir particulier de ces insignifiants. Les seuls qui savent comprendre que c'est nous deux. N'est-ce pas, partenaire ? (Renato).

« Tu ne changes jamais, Renato. Tes mots sont inestimables. Avec toute ma folie, le trouver était l'une des bonnes choses de mon destin.

Mon ami et mon frère ont répondu au médium sans calculer les mots. Ils sont sortis naturellement pour le vrai sentiment qui l'a nourri pour lui.

« Nous sommes correspondants dans la même mesure. C'est pourquoi notre histoire est un succès, a dit le jeune homme.

« Quel plaisir d'être dans cette histoire. Je ne

savais pas à quel point la montagne était spéciale dans sa trajectoire, cher écrivain, a dit Amelinha.

« Il est vraiment admirable, ma sœur. Tes amis sont très gentils. On vit la vraie fiction et c'est la chose la plus merveilleuse qu'il y ait. (Belinha).

« Nous apprécions le compliment. Cependant, vous devez être fatigué de l'effort employé sur l'escalade. Si on rentrait chez nous ? On a toujours quelque chose à offrir. (Madame).

« Nous avons saisi l'occasion de nous rattraper sur nos conversations. Renato me manque tellement.

« Je trouve que c'est génial. Quant aux dames, qu'en dites-vous ?

« J'adorerai. (Belinha).

« Nous le ferons !

« Alors, allons-y ! A terminé le maître.

Le quintet commence à marcher dans l'ordre donné par cette figure fantastique. Immédiatement, un coup froid à travers les squelettes fatigués de la classe. Qui était cette femme, en fait, et quels pouvoirs elle avait ? Malgré tant de moments ensemble, le mystère est resté fermé comme porte à sept clés. Ils ne le sauraient probablement jamais parce que ça faisait partie du secret de la montagne. Simultanément, leurs cœurs restèrent dans la brume. Ils ont été épuisés de donner de l'amour et de ne pas recevoir, pardonner et décevoir à nouveau. Bref, soit ils se sont habitués à la réalité de la vie, soit ils souffriraient beaucoup. Ils avaient donc besoin de conseils.

Pas à pas, ils vont surmonter les obstacles. Ils entendent un cri inquiétant. D'un coup d'œil, le patron les calme. C'était le sens de la hiérarchie, alors que les plus forts et les plus expérimentés protégés, les serviteurs reviennent avec dévouement, culte et amitié. C'était une rue à deux sens.

Malheureusement, ils vont gérer la marche avec grande et douceur. Qu'est-ce que l'idée a traversé la tête de Belinha ? Ils étaient au milieu du buisson cassé par des animaux méchants qui pourraient leur faire du mal. À part cela, il y avait des épines et des pierres pointées sur leurs pieds. Comme chaque situation a son point de vue, étant il y avait la seule chance de comprendre toi-même et tes désirs, quelque chose de déficit dans la vie des visiteurs. Bientôt, ça valait la peine de l'aventure.

À mi-chemin, ils vont s'arrêter. Juste là, il y avait un verger. Ils vont au paradis. En allusion au conte biblique, ils se sentaient complètement libres et intégrés à la nature. Comme des enfants, ils jouent des arbres grimpants, ils prennent les fruits, ils descendent et les mangent. Puis ils méditent. Ils ont appris dès que la vie sera faite par des moments. Qu'ils soient tristes ou heureux, c'est bon de les apprécier tant qu'on est vivants.

Au lendemain, ils prennent un bain rafraîchissant dans le lac attaché. Ce fait provoque de bons souvenirs d'une fois, des expériences les plus remarquables de leur vie. C'était sympa d'être enfant ! C'était dur de grandir et de faire face à la vie adulte. Vivez avec le faux, le mensonge et la fausse moralité des gens.

Ils approchent du destin. En bas à droite sur le sentier, on peut déjà voir la simple cabane. C'était le sanctuaire des plus merveilleux et mystérieux peuples de la montagne. Ils étaient merveilleux, ce qui prouve que la valeur d'une personne n'est pas dans ce qu'elle possède. La noblesse de l'âme est en caractère, dans les attitudes charitables et conseils. Donc, le dicton se dit : un ami sur la place est meilleur que l'argent déposé dans une banque.

Quelques pas en avant, ils s'arrêtent devant l'entrée de la cabine. Est-ce une réponse à vos demandes internes ? Seul le temps pouvait répondre à cette question et à d'autres questions. L'important, c'est qu'ils étaient là pour tout ce qui arrive et se passe.

Prenant le rôle de l'hôtesse, le tuteur ouvre la porte, donnant à tous les autres accès à l'intérieur de la maison. Ils entrent dans la cabine vide, observant tout largement. Ils sont impressionnés par la délicatesse de l'endroit représenté par l'ornementation, les objets, les meubles et le climat du mystère. Contradictoirement, il y avait plus de richesses et de diversité culturelle que dans de nombreux palais. Nous pouvons donc nous sentir heureux et complets même dans des environnements humbles.

Un à un, vous vous installerez aux endroits disponibles, sauf Renato va à la cuisine pour préparer le déjeuner. Le climat initial de la timidité est brisé.

« J'aimerais vous connaître mieux, les filles.

« Nous sommes deux filles d'Arcoverde. Nous sommes heureux professionnellement, mais les perdants amoureux. Depuis que j'ai été trahi par mon ancien partenaire, j'ai été frustré. (Belinha).

« C'est là que nous avons décidé de revenir aux hommes. Nous avons fait un pacte pour les attirer et les utiliser comme objet. On ne souffrira plus jamais, a dit Amelinha.

« Je leur apporte tout mon soutien. Je les ai rencontrés dans la foule et leur opportunité est venue ici. (Fils de Dieu)

« Intéressant. C'est une réaction naturelle à la souffrance des déceptions. Ce n'est pas le meilleur moyen d'être suivi. Juger une espèce entière par l'attitude d'une personne est une erreur évidente. Chacun a son individualité. Ce visage sacré et honteux de votre part peut générer plus de conflit et de plaisir. C'est à toi de trouver le bon point de cette histoire. Ce que je peux faire, c'est le soutien comme votre ami l'a fait et devenir un accessoire à cette histoire analysé l'esprit sacré de la montagne.

« Je le permettrai. Je veux me retrouver dans ce sanctuaire. (Amelinha).

« J'accepte aussi votre amitié. Qui savait que je serais sur un super opéra de savon ? Le mythe de la grotte et de la montagne semble si réel maintenant. Je peux faire un vœu ? (Belinha).

« Bien sûr, chérie.

« Les entités montagneuses peuvent entendre les demandes des humbles rêveurs comme cela m'est arrivé. Ayez la foi ! (Fils de Dieu).

« Je suis mécréant. Si tu le dis, j'essaierai. Je demande une fin heureuse pour nous tous. Que chacun d'entre vous se réalise dans les principaux domaines de la vie.

« Je l'accorde ! Il tonne une voix profonde au milieu de la pièce.

Les deux putes ont fait un saut au sol. Pendant ce temps, les autres riaient et pleuraient à la réaction des deux. Ce fait était plus une action destin. Quelle surprise. Personne n'aurait pu prédire ce qui se passait au sommet de la montagne. Depuis qu'un Indien célèbre est mort sur les lieux, la sensation de la réalité a laissé de la place au surnaturel, au mystère et à l'inhabituel.

« C'était quoi ce tonnerre ? Je tremble jusqu'à présent, avoue Amelinha.

« J'ai entendu ce que la voix a dit. Elle a confirmé mon souhait. Je rêve ? Demande à Belinha.

« Les miracles arrivent ! Avec le temps, vous saurez exactement ce que ça signifie dire, dit le maître.

« Je crois en la montagne, et tu dois y croire aussi. Grâce à son miracle, je reste ici convaincu et en sécurité de mes décisions. Si on échoue une fois, on peut recommencer. Il y a toujours de l'espoir pour ceux qui vivent… assuré le chaman du médium qui montre un signal sur le toit.

« Une lumière. Qu'est-ce que ça veut dire ? (Belinha).

« C'est si beau et lumineux. (Amelinha).

« C'est la lumière de notre amitié éternelle. Bien qu'elle disparaisse physiquement, elle restera intacte dans nos cœurs. (Gardien

« Nous sommes tous légers, bien que de manière distinguée. Notre destin est le bonheur.

C'est là que Renato vient et fait une proposition.

« Il est temps que nous soyons sortis et trouvions des amis. Le moment est venu pour s'amuser.

« J'ai hâte de l'être. (Belinha)

« Qu'attendons-nous ? Il est temps.

Le quatuor sort dans les bois. Le rythme des marches est rapide ce qui révèle une angoisse intérieure des personnages. L'environnement rural de Mimoso a contribué à un spectacle de la nature. Quels défis seriez-vous relevés ? Les animaux féroces seraient-ils dangereux ? Les mythes de montagne pouvaient attaquer à tout moment, ce qui était assez dangereux. Le courage était une qualité que tout le monde y portait. Rien ne va arrêter leur bonheur.

Le moment est venu. Dans l'équipe d'actifs, il y avait un homme noir, Renato, et une blonde. Sur l'équipe passive était Divine, Belinha et Amelinha. L'équipe s'est formée, le plaisir commence parmi le vert gris des bois de campagne.

Le Noir sort avec Divine. Renato Dates Amelinha et le blond date Belinha. Le sexe groupe commence à échanger d'énergie entre les six. Ils étaient tous pour un et tout pour un. La soif de sexe et de plaisir était commune à tous. Changement de positions, chacun connaît des sensations uniques. Ils essaient le sexe anal, le sexe vaginal, le sexe oral, le sexe groupe parmi d'autres modalités sexuelles. Cela prouve que l'amour n'est pas un péché. C'est un commerce d'énergie fondamentale pour l'évolution humaine. Sans culpabilité, ils échangent rapidement un partenaire, qui fournit plusieurs orgasmes. C'est un mélange d'ecstasy qui implique le groupe. Ils passent des heures à coucher jusqu'à ce qu'ils soient fatigués.

Après tout, ils reviennent à leurs positions initiales. Il y avait encore beaucoup à découvrir sur la montagne.

La fin

www.ingramcontent.com/pod-product-compliance
Lightning Source LLC
LaVergne TN
LVHW021051100526
838202LV00082B/5431